CABINET DE FEU M. ALBERT

OBJETS D'ART

TABLEAUX ET DESSINS

ANCIENS ET MODERNES

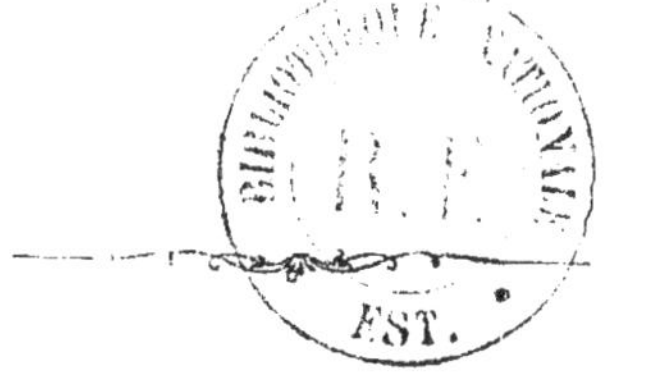

Me Ch. PILLET, Commissaire-Priseur

M. FEBVRE,
M. Francis PETIT, } EXPERTS

PARIS. — IMPRIMERIE PILLET FILS AINÉ
5, RUE DES GRANDS-AUGUSTINS

CATALOGUE

D'OBJETS D'ART

ET DE CURIOSITÉ

TABLEAUX ET DESSINS

Anciens & Modernes

DONT LA VENTE AUX ENCHÈRES PUBLIQUES AURA LIEU

Par suite du Décès de M. ALBERT

HOTEL DROUOT, SALLE N° 5

Les Jeudi 15, Vendredi 16 et Samedi 17 Mars 1866

A DEUX HEURES PRÉCISES

Par le ministère de Me **CHARLES PILLET**, Commissaire-Priseur,
rue de Choiseul, 11,

Assisté de M. **FEBVRE**, Expert, rue Laffitte, 12,
pour les Curiosités et Tableaux anciens,

Et de M. Francis **PETIT**, Expert, rue de Provence, 43,
pour les Tableaux et Dessins modernes,

Chez lesquels se distribue le présent Catalogue.

EXPOSITION PUBLIQUE

Le Mercredi 14 Mars 1866, de une heure à cinq heures.

CONDITIONS DE LA VENTE

Elle sera faite au comptant.

Les adjudicataires payeront *cinq pour cent* en sus des enchères.

ORDRE DES VACATIONS

Jeudi 15, les Tableaux et Dessins modernes,

Vendredi 16, les Objets d'art et de curiosité:

Samedi 17, fin des Objets de curiosité, les Tableaux et Dessins anciens.

Paris — Imp. de Pillet fils aîné, rue des Grands-Augustins, 5.

TABLEAUX MODERNES

DECAMPS

1 — **Enfants effrayés par une chienne.**

Une chienne, entourée de ses petits, sort en grondant de sa niche, et montre les dents à deux enfants qui se blotissent contre une muraille.

Haut. 93 cent.; larg. 1 mèt. 37 cent.

DECAMPS

2 — **Mendiant comptant sa recette.**

Il est assis sur un banc de pierre adossé à une maison, son chapeau sur la tête, sa besace près de lui; des enfants le regardent curieusement.

Haut. 40 cent.; larg. 32 cent.

DECAMPS

3 — Arabes en voyage. 6.000.

Un Arabe et sa famille se rendent à la ville; il est monté sur un âne et tient devant lui un petit enfant; derrière, mar chen une femme et un serviteur.

Haut. 51 cent.; larg. 73 cent.

DELACROIX (Eug.)

4 — Officier grec, assis sur un tertre dominant la mer. 1245.

Haut. 34 cent.; larg. 28 cent.

ISABEY

5 — Marine. 1000.

Plage à marée basse, semée de rochers et dominée par une vieille tour; des enfants gardent deux chevaux que des hom mes vont atteler à une charrette; une barque est au loin sur le sable.

Haut 50 cent.; larg. 80 cent.

SCHEFFER (Henry)

6 — Ministre protestant consolant une veuve.

Haut. 32 cent.; larg. 23 cent.

VERBOECKHOVEN (Eugène)

7 — Taureau dans la campagne.

Haut. 51 cent.; larg. 41 cent

BOUTON

8 — Galerie d'un cloître.

Haut. 71 cent.; larg. 53 cent.

COLIN

9 — Danseurs italiens, au milieu d'un groupe de paysans et de pêcheurs.

Haut. 55 cent.; larg. 66 cent.

HAUDEBOURD LESCOT (Mme)

10 — Le jour de la Distribution dans un couvent de moines, en Italie.

Haut. 45 cent.; larg. 38 cent.

JENSEN

11 — Branche de roses.

Haut. 25 cent.; larg. 33 cent.

LORDON

12 — Nymphe entraînée par l'Amour.

Haut. 21 cent.; larg. 16 cent.

13 — Femme italienne et son enfant frappant à une porte le soir.

Haut. 21 cent.; larg. 16 cent.

TREZEL

14 — Le Premier né.

Haut. 45 cent.; larg. 38 cent.

GUINDRAND

15 — Marine, gros temps.

16 — Marine, effet de soleil.

DESSINS & AQUARELLES MODERNES

ALAUX

17 — Femmes grecques se réfugiant sur un rocher, au bord de la mer.

Sépia.

18 — Moine dans un souterrain.

Sépia.

BAPTISTE

19 — La Sieste.

Sépia.

BELLANGÉ

20 — La Leçon du vieux ménétrier.

Aquarelle.

21 — L'Offrande au moine mendiant.

Aquarelle.

22 — Cantinière dans une tranchée.

Aquarelle.

23 — Le Coup de l'étrier, scène militaire.

Aquarelle.

24 — Ambulance militaire dans une église.

Sépia.

25 — Hussard en vedette.

Croquis dessin.

BENTLEY

26 — Naufrage sur une côte bordée de rochers.

Aquarelle.

BOULANGER (L.)

27 — Petit page accroupi dans un fauteuil.

Aquarelle.

BOUTON

28 — Procession descendant l'escalier d'un cloître.

Sépia.

29 — Galerie d'un ancien couvent.

Aquarelle.

BOYS

30 — Pavillon sur le bord d'une route, à l'entrée d'un village.

Aquarelle.

CHARLET

31 — Musiciens ambulants.

Croquis à la sépia.

CICERI (père)

32 — Paysage.

Aquarelle.

COOPER

33 — Moulin à eau.

Dessin.

COLIN (A.)

34 — Femmes et enfants de pêcheurs sur la plage.

Aquarelle.

DAUZATS

35 — Port d'une ville d'Orient.

Aquarelle.

DECAMPS

36 — Figure d'homme tenant un drapeau.

Croquis fait en juillet 1830.

Dessin.

37 — Barque sur le rivage.

Croquis, dessin.

DELACROIX (Eug.)

38 — Grec assis sur un divan et fumant.

Aquarelle.

DEVERIA (A.)

39 — Scène de famille.

Sépia.

40 — Artiste montrant son tableau à un vieil amateur.

Sépia.

GASSIES

41 — Marine, avec barques.

Aquarelle.

GUÉ

42 — Mendiante harcelée par des gamins.

Aquarelle.

43 — Ruines d'un vieux château.

Sépia.

44 — Enclos et cour de ferme.

Aquarelle.

HART

45 — Shakspeare.

Aquarelle.

HASSELL

46 — Vieux moulin à eau, dans le Devonshire.

Aquarelle.

HOGUET

47 — Balayeuse.

Aquarelle.

48 — Barques, à marée basse.

Aquarelle.

HUBERT

49 — Paysage italien.

Sépia.

50 — Paysage du Dauphiné.

Sépia.

ISABEY (Eug.)

51 — Port vu de la terrasse d'une maison.

Aquarelle.

52 — Bassin d'un port à marée basse.

Aquarelle.

53 — Escalier d'un cloître.

Aquarelle.

54 — Porte d'une salle basse.

Aquarelle.

55 — Bateau anglais en traversée.

Aquarelle.

56 — Plage, enfants de pêcheurs déchargeant un bateau.

Aquarelle.

JADIN

57 — Nature morte.

Aquarelle.

JAIME

58 — Plage avec figures.

Aquarelle.

JOHANNOT (A.)

59 — Leicester et Amy Robsart.

Aquarelle.

JOZAN

60 — La Lecture interrompue.

Aquarelle.

LEPRINCE (Xavier)

61 — Le Départ de la diligence.

Sépia.

62 — L'Arrivée.

Sepia.

P. MARTIN

63 — Intérieur de la galerie d'un château au moyen âge.

Aquarelle.

MORITZ

64 — Chasse au héron, en Perse.

Aquarelle.

65 — Course russe.

Aquarelle.

MOZIN

66 — Plage de Trouville, marée basse.

Aquarelle.

NEWTON FIELDING

67 — Barques en mer.

Aquarelle.

68 — Intérieur de salle basse à la campagne.

Aquarelle.

PROUT

69 — L'Arrivée d'un navire au port.

Aquarelle.

ROBERT FLEURY

70 — Pêcheurs italiens rentrant de la pêche.

Sépia.

71 — Pèlerins agenouillés à la porte de l'église Saint-Pierre de Rome.

Sépia.

72 — Brigands italiens.

Sépia.

ROQUEPLAN (C.)

73 — Une ville de Bretagne.

Sépia.

74 — Jeune fille dans un bois.

Aquarelle.

75 — Duel dans un parc.

Aquarelle.

76 — Vieux berger breton.

Dessin rehaussé.

SHARPE (ELISA)

77 — Les Souvenirs.

Aquarelle.

SHARPE (LOUISA)

78 — Femme en costume oriental tenant une rose.

Aquarelle.

SIMEON FORT

79 — Bords d'un étang.

Aquarelle.

STANFIELD

80 — Barques rentrant au port.

Dessin rehaussé.

81 — Bateaux de pêcheurs sur une plage à marée basse bordée de falaises.

Aquarelle.

TAYLER

82 — Chien de garde poursuivant un renard qui égorge un coq.

Aquarelle.

VILERET

83 — Église et grande place d'une ville d'Allemagne.

Aquarelle.

84 — Porche d'une église en Normandie.

Aquarelle.

VOLMAR

85 — Cerf tenant tête à des chiens.

Aquarelle.

86 — Deux chiens au repos.

Aquarelle.

WATTIER

87 — Moine priant près d'une tombe.

Sépia.

ÉCOLE ANGLAISE

88 — La cassette de bijoux.

Aquarelle.

DESSINS CHINOIS

89 — Douze figures, costumes.

90 — Deux branches de fleurs.

CURIOSITÉS

Meubles de diverses époques
Pendules et Bronzes dorés

91 — Grand et beau meuble italien de l'époque de Louis XIII; le haut avec portique et niche, avec figurine de la Vierge; de chaque côté du portique sont des tiroirs couverts en verre imitant les matières dures; le haut à galerie et fronton, le bas soutenu par huit colonnes reliées par des pendentifs de fleurs en bronze doré.

92 — Grand meuble Louis XIII en bois de Gaillac, incrusté de bouquets de fleurs en bois marqueté; le haut offre un portique et dix tiroirs ornés de cuivres dorés; le bas, deux panneaux saillants sur lesquels sont des vases de fleurs marquetés; le portique ouvert laisse voir une quantité de petits tiroirs.

93 — Meuble sculpté du XVIe siècle. Le haut avec panneaux à portiques encadrant des figures mythologiques. Au milieu et aux coins sont des atlantes; les panneaux du bas sont ornés de cartouches et de cariatides.

94 — Bahut en bois sculpté du XVe siècle; le principal panneau avec un Pape bénissant, les coins avec cariatides, le bas orné de trois frises; sur les côtés, des têtes de lions dans des cartouches.

95 — Beau meuble en bois sculpté formant dressoir; le haut avec panneau orné de figures mythologiques, le bas avec les statuettes de la Vierge et de plusieurs saints, séparées par des colonnettes.

96 — Très-beau lit Louis XIII en bois sculpté, avec baldaquin, soutenu par quatre grandes colonnes à double torse, le chevet dominé par un bas-relief en bois sculpté représentant Jésus au jardin des Oliviers. Le bas et les côtés sont ornés de frises, dont une à godrons. — Ce lit est orné de belles pentes et de rideaux en ancien satin blanc couverts de rinceaux et de fleurs brodées à la main; couvre-pieds en ancienne tapisserie de l'époque de Louis XIV.

97 — Bureau Louis XIII en bois de Gaillac, très-riche d'ornements en bois marqueté; il est soutenu par huit pieds reliés par des X.

98 — Crédence en bois sculpté, très-riche de sculpture, soutenue par des colonnes.

99 — Petit meuble en bois de chêne sculpté, orné de cariatides et de quatre bas-reliefs, deux représentant l'Annonciation, les autres la Nativité et l'Adoration des bergers.

100 — Très-belle pendule en marqueterie ancienne, attribuée à Boule. Elle est de forme contournée à lyre ; la base en s'élargissant est supportée par des pieds de griffons ; sur les côtés sont des médaillons avec portraits de femmes en cuivre doré, puis des quadrilles marquetés ; le haut est couronné par une figurine de femme en bronze.

110 — Belle cheminée, avec encadrement de glace, en bois sculpté. Elle est ornée de figures, de frises et de plaques en marbre.

102 — Autre cheminée, avec glace, en bois de chêne sculpté. avec figures en ronde bosse et frises.

103 — Dressoir du XVIe siècle, en bois sculpté, le haut et le bas soutenus par des colonnes, le milieu avec tiroirs alternés de pilastres.

104 — Meuble Henri II en bois sculpté, à frontons et niche, orné sur les côtés de volutes et de colonnes, le devant avec mascarons et plaques de marbre, le haut avec aigles soutenant des guirlandes de fleurs.

105 — Meuble du XVIe siècle, en bois sculpté ; le devant avec relief de l'Adoration des bergers et figures de saints en ronde bosse, les côtés avec mascarons.

106 — Charmante pendule dite religieuse, en marqueterie de cuivre et d'étain sur écaille rouge ; les coins avec colonnes incrustées de burgau ; le haut avec galerie et vase en

bronze doré ; au-dessus du cadran est la figure du Temps, appuyé sur un socle sur lequel est le nom *Balthazar Martinot*, *Paris*.

107 — Pendule Louis XVI en marbre blanc, avec colonnes, fleurs, frises en bronze doré et médaillons en biscuit de Sèvres.

108 — Deux grandes chaises Louis XIII avec très-beaux dossiers en bois sculpté ; garniture en damas rouge.

109 — Deux autres plus petites, même genre que les précédentes.

110 — Grand fauteuil monumental en bois sculpté, travail renaissance ; le dossier orné d'un riche panneau sculpté; le couronnement soutenu par des atlantes.

111 —Quatre fauteuils et une bergère de l'époque de Louis XV. Les bois sculptés ; ancienne garniture en satin vert broché.

112 — Fauteuil Louis XIII garni en vieille tapisserie du temps.

113 — Panneau en ancien laque avec personnages chinois.

114 — Petite glace, dans son cadre Louis XIII, en ébène avec moulures guillochées.

115 — Grande boîte à dentelles en bois incrusté d'ivoire, le couvercle à damier ; travail italien.

116 — Deux tabourets en chêne sculpté et tourné, couverts en damas rouge.

117 — Petit support en bois sculpté.

118 — Petit meuble avec tiroirs et colonnes torses.

119 — Petite table en chêne avec colonnes et pieds tournés.

120 — Ancienne glace italienne avec riche encadrement en bois sculpté et doré; travail de l'époque de Louis XV.

121 — Quatre chaises en bois sculpté garnies en velours d'Utrech.

122 — Table Louis XIII, en chêne, pieds à X, le bord incrusté de bois de citronnier.

123 — Petit guéridon en bois de chêne tourné.

124 — Deux fûts de colonnes en bois naturel.

125 — Deux bougeoirs-appliques, avec glaces vénitiennes ornées de sujets gravés sous le tain; cadres en bois doré avec ornements en verre fondu.

126 — Deux charmants candélabres en bronze doré; enfants en bronze soutenant les lumières formées de tiges de fleurs; travail de l'époque de Louis XVI.

127 — Deux chenets Louis XIII, en cuivre avec boules, volutes et mascarons.

128 — Deux bougeoirs Louis XIV, en bronze doré.

129 — Deux chenets de l'époque de Louis XVI, en bronze doré, avec galerie, vases et figurines d'enfants en ronde bosse.

130 — Deux porte-pincettes en bronze doré; têtes de lions tenant des serpents.

131 — Deux chenets en cuivre de l'époque de Louis XIII, le haut avec boules à côtes, le bas à mascarons.

132 — Lustre hollandais en cuivre; il est à six lumières et d'une forme élégante.

133 — Lustre hébraïque hollandais en cuivre.

Émaux byzantins et de Limoges

134 — Coupe en émail de Limoges avec couvercle. Le fond représente, en grisaille et chairs teintées, des personnages antiques auxquels des serviteurs apportent des mets; sur un écusson couronné sont les initiales de Pierre Raymond, P. R.; plus bas est le millésime 1538. Le piédouche est avec mascarons et cariatides; le couvercle offre le triomphe d'Ariane, qui, montée sur un char, est suivie et

précédée de nymphes et de bacchantes jouant des instruments; le revers du couvercle est orné de bustes de personnages antiques, guerriers et femmes.

135 — Coupe en émail de Limoges représentant, en grisaille et chairs teintées, le triomphe de Galatée d'après Raphaël. Le piédouche est avec naïades et petits amours; le couvercle avec portraits de femmes et de guerriers en bossettes. Au revers du couvercle sont quatre autres portraits en grisaille.

136 — Crosse d'évêque byzantine en cuivre ornementé et émaillé rouge, bleu et vert.

137 — Custode byzantine en cuivre émaillé ornée de médaillons de saints.

— — Autre custode émaillée; elle est surmontée d'une croix.

138 — Petite plaque cintrée du haut, en émail de Limoges à paillons; elle représente la Cène. Travail du XVIe siècle.

139 — Une plaque en émail, par Laudin; Jésus bénissant.

140 — *Attribué au même.* Médaillon ovale, buste de la Vierge.

141 — Petit émail de l'époque de Louis XIII, Jésus sur la croix. Cadre en filigrane d'argent.

142 — Coffre en bois sculpté, genre gothique, orné de douze émaux translucides représentant les figures allégoriques des douze mois de l'année, ces émaux sont attribués à l'un des Pénicaud.

143 — Plaque en émail de Limoges par Noualher; le Baptême de Jésus.

144 — Plaque en émail, sujet en grisaille; les Juifs captifs à Babylone.

145 — Émail ovale de Limoges, représentant l'Adoration des bergers; cadre en bois sculpté.

146 — Grande coupe en émail, sujet en grisaille, de la Mort du Christ.

147 – Plaque en émail, sujet en grisaille, représentant la communion de saint Jérôme, d'après Dominiquin.

148 — Plaque rectangulaire en émail de Limoges, sujet en grisaille de la Marchande d'amour, d'après l'antique.

Ivoires sculptés

149 — Grand diptyque en ivoire sculpté, offrant quatre bas-reliefs, sujets de la Passion : Jésus portant sa croix, Jésus en croix, la Descente de croix et la Résurrection

150 — Grand groupe en ivoire, l'archange Michel terrassant le Démon.

151 — Groupe en ivoire de l'époque de Louis XIII ; Vénus et l'Amour.

152 — Figurine en ivoire ; Bacchus debout tenant des raisins.

153 — Bas-relief en ivoire ; saint Hubert prosterné devant le cerf.

154 — Boîte en ivoire sculpté, le couvercle avec personnages.

155 — Figurine de la Madeleine debout et priant, ivoire sculpté ; travail espagnol.

156 — Figurine en ivoire ; l'enfant Jésus debout, le pied gauche posé sur une tête de mort.

157 — Tabatière en racine de buis ; sur le couvercle, petit médaillon en ivoire, Moïse frappant le rocher.

158 — Panier en ivoire très-finement sculpté ; travail chinois.

159 — Le Christ aux liens, buste en ivoire.

160 — Petite figurine en ivoire ; ange agenouillé.

Bois sculptés

161 — Groupe en bois sculpté de l'époque de Louis XIII; la Vierge et l'enfant Jésus. Socle en bois contenant des reliques.

162 — Petit groupe en buis du XVIe siècle; jeune femme nue jouant avec un enfant.

163 — Christ en bois sculpté de l'époque de Louis XIV; croix en ébène guilloché, pied ou socle en écaille rouge et ébène.

164 — Groupe en bois sculpté : la Vierge, Jésus et des petits anges; socle avec têtes de chérubins.

165 — Deux groupes en bois sculpté, représentant des chiens de chasse poursuivant des chats grimpés sur des arbustres.

166 — Petit groupe en bois sculpté de l'époque de Louis XIII; saint Joseph tenant l'enfant Jésus,

167 — Figurine en bois sculpté, même époque; la Vierge debout.

168 — Petit étui où porte-tablettes en bois très-finement sculpté; travail chinois, représentant des paysages et des figures.

169 — Petite boîte ronde très-finement sculptée; travail lorrain.

170 — Cinq figures gothiques en bois sculpté et doré; personnages de la Passion.

171 — Beau groupe en bois sculpté, composition de six figures représentant le Mariage de la Vierge; travail dans la manière de Lucas de Leyde.

172 — Support de statue en bois sculpté.

Bronzes florentins et autres

173 — Bronzes florentins; deux faunes portant des urnes.

174 — Petit buste en bronze, tête d'homme.

175 — Figurine en bronze, l'Apollon du Belvédère.

176 — Levrette accroupie, en bronze; serre-papiers.

177 — Deux petites buires en bronze.

178 — Bacchus, jeune, debout; statuette en bronze.

179 — Petite statuette ancienne en bronze, Jupiter tenant la foudre.

180 — Deux coupes en bronze, socles en marbre jaune de Sienne.

181 — Petite figurine de Pallas, sur une colonne avec trépied à dauphins; bronze italien.

182 — Deux autres figurines en bronze, jeune homme et femme lisant; socles en bronze doré.

183 — Petit bronze ancien, buste d'homme.

184 — Grande statuette en bronze, Jupiter debout, tenant la foudre.

185 — Deux autres; Zéphire tenant un papillon, et Pandore ouvrant la boîte.

186 — Deux figurines en bronze d'après l'antique : l'Apollon du Belvédère et Diane chasseresse; socles en portor.

187 — Une autre, Mercure s'élançant dans les airs; socle en portor.

Faïences par Bernard Palissy et ses continuateurs

188 — Grand plat offrant au centre un cours d'eau avec poissons, grenouilles et coquilles en relief; sur le bord sont des lézards, des écrevisses, un papillon et diverses coquilles; très-beau d'émail.

189 — Petit socle en faïence de Bernard Palissy, de forme triangulaire; les pans avec ornements à jour, les coins avec sirènes, le haut avec quatre lions accroupis.

190 — Plat avec sujet de la Belle Jardinière.

191 — Plat à cinq salières alternées de figures d'amours en relief.

192 — Autre plat à salières et à cornes d'abondance.

193 — Par Pull. — Plat en faïence dans la manière de Bernard Palissy; fond jaspé, le bord avec frise et les portraits en relief des douze Césars.

194 — Par le même. — Plat en faïence en émaux de couleurs, avec entrelacs à jour alternés de mascarons, bord à pâquerettes.

195 — Par le même. — Plat à reptiles, et coquilles en relief.

196 — Par le même. — Plat avec mascarons et ornements à jour.

197 — Fabrique anglaise. — Plat avec le portrait de Henri IV.

198 — Un autre avec le portrait de Henri III.

Vases et Objets antiques

199 — Vase antique étrusque, fond noir avec palmettes rouges et sujet : jeune homme assis offrant un mets à une femme tenant un miroir.

200 — Buire étrusque à anse élevée, terre de Nola, avec tête diadêmée et palmettes peintes en rouge.

201 — Vase antique à anses élevées.

202 — Autre vase à trèfle.

203 — Coupe noire évasée et à piédouche en terre antique de Nola.

204 — Autre coupe antique en terre blanche, ornée de filets rouges.

205 — Vase de Nola, fond noir avec palmettes et figures allégoriques du printemps et de l'été.

206 — Grand vase antique étrusque même genre que le précédent, orné de palmettes et de quatre personnages.

207 — Plusieurs autres vases antiques de Nola seront divisés.

208 — Quelques objets antiques égyptiens et romains, figurines, vases, bagues, anneaux, etc., seront divisés.

Vitraux anciens

Les Panneaux de croisée (2 par 2) ont été vendus en moyenne 700f. pour 6 vitraux.

209 — Panneau de croisée composé de trois anciens vitraux suisses : celui du haut avec armoiries; celui du milieu avec soldat cuirassé tenant une épée ; celui du bas, l'ange arrêtant le bras d'Abraham prêt à sacrifier son fils.

210 — Autre panneau de croisee composé de trois anciens vitraux suisses : celui du haut avec armoirie et lion couronné accroupi sous un portique ; celui du milieu avec hallebardier suisse en compagnie de sa femme qui lui présente un verre ; le dernier avec armoirie, petits sujets de chasse et inscriptions.

211 — Autre panneau de croisée composé de trois anciens vitraux suisses : deux avec armoiries, petits sujets et inscriptions, le dernier avec soldat cuirassé auquel une jeune femme portant escarcelle offre à boire.

212 — Autre panneau de croisée composé de trois anciens vitraux suisses. Celui du haut offre quatre saints sous le portique d'un temple ; celui du milieu un hallebardier et une femme ; le troisième, une série de douze petits sujets représentant les principaux corps de métiers ; au centre, est le sujet de Jésus et la Samaritaine.

213 — Vitrail suisse avec armoiries et figures.

214 — Autre vitrail avec personnages soutenant des blasons.

215 — Deux autres vitraux même genre que le précédent.

216 — Couronnement de croisée avec vitrail et le sujet de saint Sébastien percé de flèches.

217 — Autre vitrail, Jésus bénissant un guerrier.

Porcelaines de Sèvres, de Saxe, de Chine et autres

218 — Assiette en porcelaine de Sèvres, pâte tendre, ancien décor avec frises et oiseaux.

219 — Une autre en sèvres, pâte tendre ornée de bouquets et de guirlandes de fleurs.

220 — Tasse en porcelaine de Sèvres, pâte tendre, décor fond bleu avec ornements or ; la tasse avec médaillons d'amours, la soucoupe avec médaillons de fleurs et instruments de musique.

221 — Groupe en porcelaine de Berlin : Vénus debout tenant la pomme, à ses pieds est l'Amour endormi.

222 — Très-beau groupe en porcelaine de Frankenthal. Couple amoureux assis sous un arbre.

223 — Charmant groupe en ancien saxe; femme chinoise et ses enfants.

224 — Deux groupes en biscuit de Sèvres, représentant l'Amour et Psyché, et Flore et Zéphire.

225 — Charmante petite fontaine de forme ovoïde en ancienne porcelaine de Saxe; elle est décorée de fleurs. Très-belle qualité.

226 — Boîte et flacon en porcelaine de Saxe, ornés d'amours.

227 — Pot au lait en porcelaine de Saxe.

228 — Pot au lait en saxe fond vert et fleurs.

229 — Vase porte-bouquets en biscuit de Weegwood. Il est à quatre pans sur lesquels sont des statuettes sur des piédestaux; à chaque coin sont des cariatides; toutes ces figures en biscuit blanc sur fond bleu.

230 — Pot en porcelaine de Chine, avec fleurs en relief.

231 — Jolie petite tasse en porcelaine de Chine émaillée de fleurs, avec parties dorées.

232 — Plat en porcelaine de Chine émaillée, offrant au centre, des meubles, des vases et divers accessoires.

Faïences anciennes, italiennes et autres

235 — Deux beaux vases anciens, fabrique de Castelli. Ils sont ornés de paysages par Terchi; anses détachés à jour, à dragons.

234 — Beau bas-relief en faïence italienne, représentant l'Assomption de la Vierge; sujet émaillé blanc sur fond bleu.

235 — Plat en faïence d'Urbino, avec le sujet du Jugement de Salomon.

236 — Autre plat, fabrique d'Urbino. Sujet mythologique; au revers on lit: Venezo, 1543.

237 — Fabrique d'Urbino. Plat avec le sujet de l'Ivresse de Noé.

238 — Petite bouteille en ancienne faïence italienne, Capo di Monte, avec le sujet en relief de la Toilette de Vénus.

239 — Salière en faïence d'Urbino, les coins avec têtes de chérubins.

240 — Petite aiguière en faïence de Nevers, anse à torsade.

241 — Deux salières en ancienne faïence italienne, ayant la forme de dragons ailés, décor polychrome.

242 — Bouteilles en faïence de Delft, décor bleu chinois.

243 — Jardinière en faïence de Nevers, anses à torsades; décor bleu à paysage et personnages chinois.

244 — Grande et belle potiche en faïence de Nevers; décor chinois.

245 — Grand hanap en faïence de Rouen; décor bleu.

246 — Même fabrique. Plat avec deux frises; au centre, un vase de fleurs.

247 — Grande aiguière et son plat en ancienne faïence de Nevers; décor bleu à personnages chinois.

248 — Pot à fleurs en faïence de Delft; décor bleu à palmettes.

249 — Plat en faïence de Delft; décor bleu à personnages chinois.

250 — Grande buire en faïence anglaise de Minton.

251 — Deux bouteilles en faïence de Delft.

252 — Petite bouteille en faïence de Haguenau; la panse à quatre pans.

253 — Petit pot en terre, fabrique mexicaine.

254 — Saucière en faïence de Haguenau.

Verres de Venise et de Bohême

255 — Verre à couvercle en verre de Venise; le pied à serpents enroulés, émaillés blanc et bleu.

256 — Coupe en verre de Venise, anses à ailerons blanc et bleu.

257 — Flacon en verre jaune imitant l'ambre.

258 — Bouteille en verre de Venise, décorée de bandes émaillées blanches et rouges.

259 — Verre ayant la forme d'une botte.

260 — Petite coupe en verre filigrané.

261 — Bouteille à col allongé en verre filigrané.

262 — Petit flacon blanc jaspé.

263 — Deux petites coupes en ancien verre de Venise, anses à ailerons bleu et blanc.

264 — Petite tasse en verre imitant l'agate.

265 — Coupe en verre de Venise, ornée de larges quadrilles filigranés.

266 — Autre coupe en verre de Venise, ornements gravés à la pointe de diamant.

267 — Petit porte-bouquet, émaillé vert et bleu.

268 — Bouteille en verre de Venise, imitant le bronze.

269 — Bouteille cylindrique à côtes, très-finement filigranée.

270 — Petit vase à filigranes contournés.

271 — Verre de Venise de forme évasée.

272 — Petit bénitier en verre de Venise.

273 — Bouteille de Venise à col tordu.

274 — Verre en bohême, avec sujet gravé.

275 — Bouteille en verre de Bohême, avec fleurs de lis en relief.

276 — Deux bouteilles hollandaises en verre gravé.

277 — Ancienne bouteille en verre de Bohême très-finement gravé, le bas avec frise en cuivre doré.

278 — Deux petits flambeaux en verre de Bohême.

Objets divers

279 — Reliquaire avec croix en bois et tête de mort en ivoire, la chaîne en fil de laiton contourné forme des ornements.

280 — Choppe à couvercle en argent repoussé de l'époque de Louis XIII. Sur le couvercle est un cygne au milieu de roseaux.

281 — Ancienne Épée de mousquetaire.

282 — Épée allemande à croisillons tordus.

283 — Épée du XVIe siècle avec garde en fer tordu.

284 — Petite horloge renaissance en cuivre, de forme carrée,

les plaques très-finement gravées, les coins avec colonnettes ciselées; le haut avec timbre et dôme à jour.

285 — Petit reliquaire gréco-russe en cuivre émaillé avec sujet religieux.

286 — Petit reliquaire italien en bois, incrusté de burgau; à l'intérieur est une croix en creux, dans laquelle sont des reliques de plusieurs saints.

287 — Petite montre renaissance en argent et cuivre gravé, ayant la forme d'un cœur.

288 — Plusieurs bijoux anciens, argent avec pierreries; seront divisés.

289 — Petit coffret gothique en cuivre repoussé.

290 — Petit reliquaire du XVIe siècle, cadre en argent.

291 — Petite broche en argent, ornée de rubis encadrant un petit sujet en ivoire très-finement sculpté: ange présentant une croix à un saint évêque.

292 — Petit écran en argent filigrané; travail oriental.

293 — Ancienne tabatière en argent, avec sujets repoussés.

294 — Montre en argent Louis XIII, ornée d'une frise à jour.

295 — Pierre gravée du XVIe siècle : un amour ; sardoine montée en épingle.

296 — Livre d'heures, manuscrit sur vélin orné de quinze miniatures, sujets religieux ; ancienne reliure du temps en cuir gaufré et gravé.

297 — Coupe en cristal de roche, décorée de godrons saillants à l'extérieur.

298 — Petit nécessaire de dame ; travail en argent de l'époque de Louis XVI.

299 — Yatagan marocain, très-belle lame en damas gris damasquiné d'argent, poignée en vache marine, fourreau avec larges appliques en argent.

300 — Lance orientale partie acier, partie cuivre, la hampe ornée de passementeries.

301 — Petite boîte en émail de Saxe ornée d'un portrait d'homme à l'intérieur.

302 — Couteau à deux lames, l'une en or, l'autre en argent ; manche en écaille piquée d'or ; travail de l'époque de Louis XVI.

303 — Custode Louis XIII, en argent ; le couvercle surmonté de la figure du Christ tenant la croix.

304 — Deux couteaux avec manches en ivoire sculpté représentant des groupes d'enfants; travail de l'époque de Louis XIII.

305 — Deux fourchettes et un couteau, le manche du couteau avec figurines en bois sculpté.

306 — Petit médaillon en argent, la Vierge et Jésus; cadre en filigrane.

307 — Titre manuscrit sur parchemin, avec sceau en cire rouge.

308 — Épée de cérémonie de l'époque de Louis XIV, la poignée très-finement ciselée et dorée.

309 — Clé en fer ciselé de l'époque de Louis XIV.

310 — Pot en ancien grès de Flandre, à quatre faces, toutes armoriées.

311 — Cruche en ancien grès de Flandre, ornée de frises et de médaillons armoriés portant la date de 1615.

312 — Le *Mercure armorial* par Seguin, in-fol., avec blasons, couverture en vélin.

313 — Deux petits plats en étain ornés de figurines de cavaliers et d'ornements, travail attribué à Briot.

314 — Pipe en bois sculpté de l'époque de Louis XIII.

315 — Très-belle garniture de chambre en cuir de Cordoue, fond d'or sur lequel se détachent en tons variés des rinceaux et des fleurs.

316 — Ancien étui pour pièces de mathématiques, cuir gaufré et doré au petit fer.

317 — Deux anciens rideaux en soie jaune, avec ornements et fleurs en velours et soies rapportés, brodés à la main.

318 — Morceau de tapisserie de l'époque de Louis XIV. Scènes champêtres.

319 — Garniture de fauteuil en ancienne tapisserie Louis XIII.

320 — Courte-pointe de l'époque de Louis XIV, en satin blanc, avec fleurs et ornements en ganses appliquées à la main.

321 — Statuette de Moïse tenant les Tables de la loi, terre cuite d'après Michel-Ange.

322 — Escarcelle arabe.

323 — Deux grands rideaux en ancien damas vert, avec doublures en soie.

324 — Œuf d'autruche formant sucrier, ancienne monture en argent de l'époque de Louis XVI.

325 — Deux coquilles, en burgau.

326 — Un lot de cuirs de Cordoue.

Violons

327 — Un attribué à Amati.

328 — Une basse.

329 — Plusieurs violons français et italiens.

Médailles

330—Médailles antiques et autres en or, en argent et en bronze.

Cannes

331 — Quantité de cannes diverses.

332 — Sous ce numéro les objets non catalogués.

TABLEAUX ANCIENS

BOUCHER (François)

333 — L'Amour désarmé par une nymphe.

Gracieuse composition.

BOUCHER. École de

334 — Satyre, nymphe couchée et amour.

Pastel.

BREUGHEL (Pierre), dit DE VELOURS

335 — Composition avec grand nombre de petites figures.

Représentant les Israélites entourant Jésus, qui laisse venir à lui et bénit les petits enfants.

BOL (FERDINAND). Attribué à

336 — Portrait en buste d'un personnage hollandais.

Cadre sculpté en bois naturel.

BREUGHEL, dit DE VELOURS

337 — Marche triomphale d'un pape.

Miniature sur vélin.

CARRACHE (A.). École de

338 — La Samaritaine aux pieds de Jésus.

DOMINIQUIN. (D'après)

339 — Sainte Cécile jouant de la viole.

FRANCK. Par l'un des

340 — L'Adoration des Mages.

LIÉVENS (VAN DEN), dit le chevalier LÉLY

341 — Portrait d'un gentilhomme hollandais.

Représenté jusqu'aux genoux, de trois quarts à droite; il porte cheveux longs, moustaches et mouche; vêtement noir et col rabattu.

GUERCINO

342 — Le Génie de la musique.

GUIDO RENI. Genre de

343 — La Vierge en buste, les mains jointes.

HUET. Attribué à

344 — Le Jugement de Pâris.

KONING (Salomon de)

345 — Portrait d'un personnage hollandais.

Représenté en buste, de trois quarts à droite, tête chauve, moustache et barbiche, justaucorps noir, collerette à fraise.

MARATTI (Carlo)

346 — L'Adoration des Bergers.

Les bergers offrent des présents à l'enfant Jésus; la Vierge contemple son fils avec tendresse; près d'elle est saint Joseph debout; dans les airs planent des chérubins.

Bonne production du maître.

MARATTI (Carlo). École de

347 — La Vierge, Jésus et le petit saint Jean.

MIGNARD (Pierre.) École de

348 — Dame de l'époque de Louis XIV sous la figure de sainte Catherine.

MIREVELT. Attribué à

349 — Deux volets de triptyques représentant, agenouillés et dans l'attitude de la prière, des donateurs et leurs familles.

MORALES, dit el Divino

350 — Ecce Homo.

Le Christ la poitrine nue, la tête couronnée d'épines, les épaules couvertes d'un manteau écarlate.

Œuvre d'un beau caractère.

MURILLO (Esteban). École de

351 — Saint François en prière.

NETSCHER (Gaspard)

352 — Portrait d'une jeune dame hollandaice.

Représentée en buste, de trois quarts à droite, cheveux à la Ninon, au cou un collier de perles, robe noire.

LOO (MICHEL VAN)

353 — Portrait présumé de Stanislas Leczinski, roi de Pologne.

OMMEGANCK (P. B.). Signé

354 — Mouton et chèvre dans une prairie.

REMBRANDT (PAUL VAN RYN). D'après

355 — Portrait en buste de Rembrandt.

RIBERA, dit L'ESPAGNOLET. (D'après)

356 — L'Adoration des Bergers.

357 — Le bon Pasteur.

ROSA (DE TIVOLI)

358 — Ane chargé de ballots.

RUBENS (Pierre-Paul). D'après

359 — L'Ensevelissement du Christ.

Le grand tableau du pareil sujet figure au musée d'Anvers.

TENIERS (David le fils)

360 — Paysans causant à la porte d'une chaumière.

TIEPOLO

361 — David, armé d'un glaive et d'une fronde, se dispose à aller combattre Goliath.

Peinture ferme et vigoureuse.

TORENT (Wliet)

362 — Médecin hollandais près du lit d'une jeune femme malade.

TREMOLIERE

363 — Galatée sur les eaux.

VINCENT

364 — Noé faisant entrer les animaux dans l'arche.

Dessin aux deux crayons.

ZEGHERS (DANIEL). École de

365 — Saint évêque tenant une crosse.

Il est entouré d'une guirlande de fleurs; peinture sur albâtre.

366 — Saint Mathieu armé d'un glaive.

Pendant du précédent.

WATTEAU. Genre de

367 — Causerie à l'entrée d'un bois.

Cinq personnages.

368 — Couple amoureux.

369 — La Déclaration.

ÉCOLE FRANÇAISE

370 — La Muse Euterpe dans les airs.

371 — Autre Muse dans les airs.

ÉCOLE ITALIENNE

372 — Jésus présenté au Temple.

ÉCOLE HOLLANDAISE

373 — Petit médaillon, portrait d'homme.

Cadre en bois sculpté.

ANCIENNE ÉCOLE FLAMANDE

374 — Jésus flagellé.

ÉCOLE ESPAGNOLE

375 — L'Annonciation.

MINIATURES

376 — Charmante miniature ovale représentant Adam et Ève au Paradis terrestre.

Signée : NV-in-P. 1751.

377 — Autre miniature par le même artiste, représentant Adam assis auquel Ève offre la pomme.

Ces deux miniatures sont comparables aux plus belles du peintre Charlier.

378 — Deux miniatures sur vélin, les portraits de Henri III et de Henri IV.

379 — Le portrait de Louis XIV.

Petit médaillon; cadre en bois sculpté.

380 — Ancienne miniature sur vélin; le portrait de Henri VIII, roi d'Angleterre.

381 — Portrait sur émail, le comte d'Argenson.

382 — Portrait sur émail, officier supérieur de l'époque de Louis XV.

383 — Deux fixés, paysages avec figures et animaux.

384 — Deux volets de triptyque, représentant des femmes agenouillées. Sur l'un d'eux apparaît la Vierge tenant l'enfant Jésus.

385 — Ancienne miniature sur vélin, Jacob prosterné devant le roi Pharaon.

386 — Une autre, la Coupe d'or trouvée dans le sac de Benjamin.

387 — Plusieurs gravures ; eaux-fortes par et d'après Rembrandt, Albert Durer, Callot et autres.

388 — Quelques dessins anciens par divers maîtres.

389 — Sous ce numéro les objets omis.

www.ingramcontent.com/pod-product-compliance
Ingram Content Group UK Ltd.
Pitfield, Milton Keynes, MK11 3LW, UK
UKHW020433180726
13839UKWH00003B/1474

9 782329 344706